RETAIL RIOTER

AF172010

DER DIREKTE KUNDENKRITIKER

DIE HILFE
FÜR WEHRLOSE MITARBEITER

TEIL I

SZENE 1-8

Disclaimer

Die in diesem Buch vorkommenden Personen sind selbstverständlich frei erfunden, repräsentieren aber in der Regel bestimmte Typen von Kunden, sofern man von Kunden-Typen sprechen kann. Eventuelle Ähnlichkeiten mit tatsächlich existierenden Personen sind somit nicht gezielt absichtlich, sondern unvermeidlich.

Inhaltsverzeichnis

Intro..1

Die spezielle Kundin..............3
Dart am Automat...................8
Kings & Queens...................14

Besen & Boxen....................18
Attacke einer
Jung-Schabracke.................26

Angriff der Sauf-Proleten.....38
Nervige Anrufe....................48
Polnische Vorurteile............57

FAQ.....................................64

© 2016
Herstellung und Verlag: BoD – Books on Demand, Norderstedt.
ISBN: 9783741263613

Intro

„Sie haben Probleme mit frechen Kunden? Störenfriede im Markt, derer Sie ohne Image-Einbussen nicht Herr werden?

Heuern Sie mich an! Den Retail Rioter!

Leider habe ich noch keine Kontaktdaten. Doch vielleicht komme ich ja auch mal ungebeten in Ihren Markt und räume dort ein wenig auf... schön wäre es ja... oder?"

Diese Aufnahme wurde mir gerade vom Retail Rioter per eMail zugeschickt. Aber von Anfang an. Mein Name ist Caretaker. RIOT Caretaker. Ich bin der Hausmeister im Anwesen der RIOTER Familie. Schon über 20 Jahre verrichte ich dort meinen Dienst. Tagein. Tagaus.

Zum 20-jährigen Jubiläum habe ich offiziell die Rechte an allen Geschichten des RIOTER Clans bekommen. Schließlich wurde ich stets zu ihren Familientreffen eingeladen.
Ja, was soll ich sagen... ich bin einfach überwältigt, als einfacher Hausmeister eine solche Gelegenheit zu bekommen. Schließlich steckt in den meisten der Geschichten wirkliches Potenzial.
Ich werde alle Szenen im Präsenz schildern, um die Leser direkt zum Ort des Geschehens zu führen.

Nun aber genug der langen Worte. Sie können es sicher kaum noch erwarten.

Ich wünsche Ihnen viel Spaß bei diesem Werk, dem ersten von hoffentlich vielen!

Szene 1

Die spezielle Kundin

Eine solche Kundin hat Herr C noch nie erlebt.

"Sie hatten diese Brause-Flaschen doch zuletzt auch im 0,33 L-Plastikformat?", sagt die Kundin mit einem gespielten Lächeln und einer Geste, die das Tragen eines Kastens darstellt.

"Nein, tut mir Leid. In diesem Laden gab es diese Kästen noch nie."

"Doch! Doch! Sie hatten die letztens hier im Angebot. Das weiß ich ganz genau."

"Tut mir Leid, jetzt haben wir sie leider nicht mehr."

"Das sehe ich", erwidert die Kundin mit einem leicht arroganten Lächeln und einer ausladenden Geste in Richtung Getränke-Zeile. Diese liegt zwar direkt vor ihnen, doch offensichtlich hält sich die Kundin für „cool".

"Ja, die Firma hat zuletzt ihr Sortiment in bestimmten Teilen umgestellt."

"Super, und jetzt ist alles teurer geworden. Sogar das Pfand... oder? ODER?!"

Die Kundin wird zunehmend hysterisch.

„Darf man sich hier wenigstens drei Flaschen aus den fertigen Sixpacks der Mini-Flaschen rausnehmen??!!"

"Theoretisch schon."

"Und praktisch muss ich das selbst erledigen, oder? Die Six-Packs sind mir zu schwer."

In diesem Moment kommt glücklicherweise der Retail Rioter um die Ecke und verkündet: "Lassen Sie nur, Herr C. Ich kümmere mich jetzt um diese Sache."

Dann wendet der Retail Rioter sich an die Kundin: "Hören Sie, wir leben hier immer noch in Deutschland. Aber das wissen Sie, schließlich sind Sie selbst absolut deutsch. Ein bisschen mehr Anstand würde ihnen schon nicht schlecht stehen. Deshalb sollten Sie das Kreuz um den Hals zunächst einmal abhängen, denn ein Christ versucht, seinen Mitmenschen möglichst wenige Unannehmlichkeiten zu bereiten. Das gilt auch in Supermärkten. Sie hingegen versuchen, anderen Menschen möglichst viele", er betont das letzte Wort mit Nachdruck, "Unannehmlichkeiten zu bereiten".

Der Retail Rioter verzieht gespielt die Miene zu einem Ausdruck des Entsetzens, zeigt mit dem Mittelfinger auf die Kundin und ruft mit einer Mischung aus Schrecken und Erleuchtung: "Sie sind der *Anti-Christ!*"

Die Kundin verlässt mit hochrotem Kopf den Laden. Zwei der kleinen Sixpacks befinden sich in ihrem Einkaufskorb. Bezahlt hat sie nicht. Das kommt erst später mit der Strafanzeige wegen Diebstahls.

SZENE 2

DART AM AUTOMAT

"Ein Angestellter bitte zum Leergutautomaten."
Die Durchsage sitzt. Kein Mitarbeiter taucht am Automaten auf. Stattdessen kommt der Retail Rioter und sieht sich die Lage an:

Ein Kunde umfasst eine leere Plastikflasche wie einen Dart-Pfeil, zielt und wirft sie in den Leergutautomaten.
Der Automat zeigt an: "Bitte die Flaschen nicht einwerfen!"

Der Kunde wiederholt den Wurf.

Der Automat zeigt das Gleiche an.

Der Kunde richtet sich an den Retail Rioter: "Arbeiten Sie hier?"

"Das wollen wir doch mal sehen, ob ich hier arbeite", ruft der Retail Rioter brüsk. "Allerdings habe ich auch eine Frage an Sie: Können Sie lesen?"

Der Kunde empört sich: "So eine Unverschämtheit!" und wirft mit voller Wucht wieder eine Flasche in den Leergutautomaten.
Der Automat lässt einen Warnton hören und zeigt erneut an: "BITTE KEINE FLASCHEN EINWERFEN!"
Der Kunde macht Anstalten, wieder zur Kasse zu laufen. Da stellt sich der Retail Rioter ihm in den Weg:
"Hier geblieben, Freundchen! Wenn Sie nicht lesen können, ist das nicht die Schuld der Mitarbeiter."

"Jetzt hören Sie mir mal zu, Sie wertloses Stück Dienstleister. Wer sind Sie überhaupt, sich hier so aufzuspielen?"

"In Ihrem eigenen Interesse, lassen Sie uns annehmen, dass Sie gerade ein Selbstgespräch begonnen haben", sagt der Retail Rioter mit ruhiger, aber unterschwellig bedrohlicher Stimme.

"Jetzt reichts mir! Sie sind doch nur ein kleiner Wichtigtuer, der in seinem Leben nichts auf die... "
Der Retail Rioter packt den Kopf des Mannes und zieht ihn direkt vor den Leergut-Automat!!
"Schau in die Röhre, du dümmliche Fäulnis eines Bequemlings. *Das* ist dein neues Zuhause!"
Dann zieht er ihn direkt vor die Anzeige des Automaten. "Siehst du, was da steht?? SIEHST DU ES??? N I C H T EINWERFEN!"
"Ich werde jetzt die Polizei alarmieren, dass Sie mich eben gegen meinen Willen *bewegt* haben", ruft der Kunde mit hochrotem Kopf.
"Dabei wünsche ich Ihnen viel Glück und Erfolg!", sagt der Retail Rioter herzlich.
Als er ein paar Meter weiter entfernt ist, fügt er noch hinzu: "Ach ja, richten Sie dem Polizeipräsidenten schöne Grüße

aus. Die Gesetzesreform des Verbraucherschutzes ist gerade beschlossen worden.
Danach ist das ordnungsgemäße Bedienen des Automaten die Voraussetzung für eine Beschwerde über dessen 'Nicht-Funktionieren'. Der Gesetzgeber hat endlich eingesehen, dass aus Fairness-Gründen auch vom Kunden gewisse Grundlagen des logischen Denkens gefordert werden müssen."
Der Retail Rioter geht lachend davon und der Kunde wirft vor Wut sein Handy in den Leergutautomaten.
Der Automat gibt den bereits bekannten Warnton von sich und zeigt an: „Bitte nicht einwerfen!"; das Handy jedoch behält der Automat für sich.
Der Kunde läuft laut schreiend durch den Markt und fragt diverse Mitarbeiter, ob Sie noch alle Tassen im Schrank haben, sein Handy zu klauen. Natürlich können diese damit nichts anfangen und so nehmen die Dinge ihren Lauf...

Als der Retail Rioter gerade in seinen Feierabend gehen möchte, sieht er wie sich der Kunde an der Tür des Marktbüros zu schaffen macht!
Offensichtlich möchte er daraus den Schlüssel des Leergutautomaten entwenden, um sein Handy zurück zu erlangen.
Der Retail Rioter macht kurzen Prozess. Mit Boxhandschuhen an den Fäusten eröffnet er ein Duell, in welchem er den Kunden immer weiter Richtung Ausgang und dann aus dem Markt treibt. Auf dem Parkplatz dreht sich der Kunde um und beginnt, zu rennen.
Der Retail Rioter ruft ihm hinterher: „Nochmal so ne Einbruchs-Aktion wie heute und ich rufe die Bullen! Mein Cousin ist Sonderkommissar!"

Szene 3

Kings & Queens

Ein Mitarbeiter soll zum Leergutautomaten kommen. Selbstverständlich ist der Retail Rioter wieder zur Stelle und übernimmt den Job.

Die Kunden jedoch stellen sich sehr frech mitten in den Weg, sodass die Türen des Leergutautomaten nicht geöffnet werden können.

"Entschuldigung, könnten Sie eventuell ein wenig bei Seite treten?"

"*Dir* in die Seite treten?? Gerne!!"

Der Retail Rioter reagiert blitzschnell, der Tritt des Kunden geht ins Leere. Der Schwung lässt ihn fast zu Boden fallen.

"Entschuldigen Sie bitte", wendet sich der Retail Rioter an die übrigen Kunden.

"Es ist leider nicht ausreichend, wenn eine von mehreren Personen blockierte Fläche nur von einer Person geräumt wird."

"Entschuldigen Sie bitte", äfft ihn eine verwöhnte Teeniegöre mit quietschender Stimme nach. "Wer ist hier der Bimbo und wer sind die Kings und Queens?"

"Entschuldigen Sie bitte", wiederholt der Retail Rioter in ernstem, aber ruhigem Tonfall. "Wissen Sie zufällig, wo hier der nächste *Mülleimer* ist?"

"Warum stellen Sie so dumme Fragen", mault ihn die Teeniegöre an.

"Mich interessiert einfach nur, ob Sie gut nach Hause finden", erklärt der Retail Rioter mit einem nüchternen Zwinkern.

"Ey, du verfluchter Hurensohn! Wir machen dich fertig, wenn du nicht nach unserer Pfeife tanzt", mischt sich ein Primitivling ein, der offenbar zur Teeniegöre gehört.

Der Retail Rioter geht um die Ecke und kommt mit Boxhandschuhen an den Fäusten wieder. Zack! Zack! Zack! Die Kings fliegen draußen auf die Paletten und

die Queens bieten dem Retail Rioter aus heiterem Himmel einen Lapdance auf dem Parkplatz an.
Er schickt sie zum nebenstehenden Möbelmarkt, um ihm den entsprechenden Chiller-Sessel zu kaufen. Somit ist der Weg endlich frei. Letztlich kann der Leergutautomat doch noch geleert werden.

"Ein kleiner Dienst an den Mitarbeitern. Ein großer Dienst an der Menschheit", kommentiert der Retail Rioter die neuen Aufenthaltsorte seiner Gegner. „Was es heute alles für Kunden gibt..."

SZENE 4

BESEN

&

BOXEN

Der Typ in der Kassenschlange hinter Bernie stellt sich so dicht hinter ihn, dass er Bernie fast berührt. Bernie dreht sich leicht irritiert um, doch der Kunde schaut in eine andere Richtung.
Plötzlich spürt Bernie, wie ihm jemand ins Haar pustet. Wieder dreht er sich um - diesmal mit deutlicher Empörung. Wieder schaut der Kunde in eine andere Richtung.
Doch halt! Da fängt gerade ein Streit an!
"Was erlauben Sie sich eigentlich, mir in die Haare zu pusten?", ruft der Kunde seinem Hintermann entgegen.
"Ich weiß nicht genau, wovon Sie sprechen", vernimmt Bernie eine wohlbekannte Stimme und erkennt sogleich die markante Gestalt. Es ist kein anderer als der Retail Rioter!

"Sie müssen erstmal vor Ihrer eigenen Haustüre kehren."

"Kein Problem, meine Frau ist ein richtig alter Besen."
Der Retail Rioter ist jetzt richtig in seinem Element:
"Das kann ich so nicht unterschreiben. Wissen Sie, auf meinen Reisen bin ich auch einmal in das Städtchen Bonn gelangt.. sagt Ihnen das Label Wummer Musik etwas?"

"ACH, SO EINER SIND SIE! Das elende Pack von Raver-Idioten kann sich verpissen, auch wenn diese dem Staat in diesem Fall mehr Nutzen als Kosten bringen."

"Seltsam. Ihre Frau hat meinen Informanten zu Folge ein viel entspannteres Bild dieser Leute. Abgesehen von den freundlicheren Bezeichnungen."

"Ja, der alte Besen hat wahrscheinlich ein wenig herum gehur..."

"...so, jetzt hören wir mal auf, zu diskutieren. Sie gehen jetzt einen robusten Besen in *diesem* Laden kaufen! Wenn Sie sich beeilen, kann ich Ihnen sogar den Platz noch freihalten. Wenn nicht, dann nicht."

Kaum hat sich der Kunde entfernt, verlässt der Retail Rioter die Schlange an der Kasse und lässt alle anderen vor.
Als der Kunde zurückkehrt, bekommt er einen Wutanfall.
"Was fällt Ihnen ein, mich so zu behandeln?! Diese ganzen Drecksspatzen sollen jetzt *vor* mir in der Schlange stehen?!"

Den Besen wie eine Doppelschwert schwingend sticht er auf Warenaufsteller an der Kasse ein, bis sie umfallen. "Ha, Jack...BAM! Ingo... CRACK! Anne... BAM! Kein Produkt ist mir heilig in diesem Scheiss Laden. Hahahaha!"

"Hören Sie jetzt vielleicht mal auf, den Laden zu demolieren?", fragt ihn der Retail Rioter mit gerunzelter Stirn.
"Jahaaaa, VIELLEIIICHT...", schreit der Kunde wie von Sinnen.
"Hare Krishna, Umulu Umulu Umulu", ruft er einer orientalischen Familie zu, deren Vorfahren vor 200 Jahren nach Deutschland eingewandert sind.
Mehr als ein müdes Lächeln bekommt er von diesen allerdings nicht zurück.

"Warum lächeln diese Leute müde? Häh? WARUM?", fährt er den Retail Rioter an.

"Sie gehen einer ordentlichen Arbeit nach und jetzt, am Abend, sind sie müde.
Kennen Sie das nicht selbst?"

"NEIN! Ich kenne das natürlich nicht.
Warum soll ich arbeiten, wenn es Niggahs und Muselmänner gibt, die wir als Bimbos abrichten können?"

"Weil auf Kosten anderer zu leben eine dreckige Mistsack-Einstellung ist, die zur Absonderung eines Geruchs führt: Der stinkenden Fäulnis der Bequemlichkeit. Leider hat sich dieser bei Ihnen schon so sehr festgesetzt, dass er selbst neueste Waschmittel hier nicht weiterhelfen. Aber Sie sind ja offenbar von Beruf Millionär... wenn Sie nicht arbeiten, haben sie wohl die Asche vom Vatter geerbt, wa?"

"Ahahahahahaa, wieder so ein Moralapostel. Jaaa, Pech für *Sie*, dass ich nicht nur Moslems, sondern auch Christen hasse. Auch alle anderen Anhänger von Religionen. Religionen sind wie LKWs - nur ohne Anhänger tolerierbar."

Der Retail Rioter duckt sich blitzschnell und der Schlag des Besenstils trifft das Kassenband, geradewegs zwischen zwei Kunden hindurch. Außer einem großen Knall und erschreckten Gesichtern gibt es jedoch keine Folgen.

Der Kunde stürmt aus dem Laden und nimmt Brennholz von den Paletten, welches er in Baseball-Manier in die Luft wirft und dann mit dem Borsten-Ende des Besenstils durch die Eingangstür in den Laden schlägt.
"Eins... zwei... DREI... Vier... Fünf..."

Der Retail Rioter hat sich eine Strumpfmaske übers Gesicht gezogen und rennt auf den Rotzlöffel zu, welcher die Flucht ergreift.
Nach kurzem Aufatmen stockt der Retail Rioter. Moment! Seine Brieftasche! *Der 40-jährige Rotzlöffel hat seine Brieftasche gestohlen!*

Weit kommt der Rotzlöffel jedoch nicht. Draußen sind die Straßen wegen eines Stadtfestes abgesperrt. Der Retail Rioter zieht in Rekordzeit seine Boxhandschuhe an. Zack! Zack! Zack! Der Besen des Rotzlöffels fliegt ihm aus der Hand.

Während der Rotzlöffel seinen Besen aufhebt, nimmt der Retail Rioter seine Brieftasche wieder an sich.
Der Rotzlöffel will den Retail Rioter erneut mit seinem Besen attackieren. Doch der Retail Rioter boxt ihm den Besen erneut aus der Hand. Diesmal landet er jenseits der Absperrung, wo ein Passant ihn freudestrahlend aufhebt. „So einen brauchen wir noch für nächsten Winter! Perfekt! Die Kinder werden sich freuen."
Lachend läuft er außer Sichtweite.

„Welch ein erfolgreicher Tag, mit neuem Stoff für meinen Internet-Video Kanal!", kommentiert der Retail Rioter, während er sich wieder auf den Weg in den Laden macht.

SZENE 5

ATTACKE EINER JUNG-SCHABRACKE

Eine Krankenschwester steht an der Supermarkt-Kasse. Die Haare sind gefärbt. Plötzlich fängt eine Kundin an, hysterisch zu schreien: "EY, WAS IST DENN DAS FÜR EIN KITTEL DA? Sind Sie noch ganz bei Trost, im Krankenhaus einzubrechen und einen Kittel zu stehlen? Sie verfluchte Asoziale!"
Die junge Schabracke, so um die 25 Jahre alt, greift die etwa gleichaltrige Krankenschwester tätlich an.
Der Retail Rioter versucht, die Angreiferin abzuwehren, denn offensichtlich beherrscht sie verschiedene asiatische Kampfkunst-Techniken.
Doch leider ist es vergeblich. Erst Zhou-Lai, eine Bekannte von ihm, bringt Schwung im Sinne des Opfers in die Lage. Schon liegt das Opfer am Boden, aber Zhou-Lai ist in diesem Moment zur Stelle. Sie greift die junge Schabracke um die Hüften und legt sie behutsam auf eine Display-Reihe.

"Volsichtig! Jede Bewegung kann zum Zusammenbluch del Aufstellel fühlen", warnt Zhou-Lai mit ihrem asiatischen Dialekt.

Natürlich lässt sich so eine junge Schabracke nichts sagen und springt wie wild auf; nur, um im nächsten Moment unter den nachgebenden Waren der Aufsteller das Gleichgewicht zu verlieren.

Doch was ist das? Es gelingt ihr, den Sturz durch geschickte Bewegungen abzufedern!

Schabracke ist wieder im Spiel.

"Hier, deine Boxhandschuhe", ruft der Retail Rioter Zhou-Lai zu. Sie fängt die Handschuhe und streift sie ruckzuck über.

"YEEEAH", schreit die Jung-Schabracke und greift Zhou-Lai mit erhobenen Fäusten an. Dabei gerät sie in eine Art hysterischen Kampfrausch und kreischt: "Du verfluchte Menschen-Schlampe. Du hast meinen Opa getötet. Du hast Mao Zedong auf dem Gewissen! Ich weiß es genauuuu...".

Ihr Tritt zerschmettert eine der Fliesen im Boden. Zhou-Lai macht instinktiv eine Abwehrbewegung mit der Hand, doch die Jung-Schabracke beginnt plötzlich wieder, auf die Krankenschwester einzuschlagen. Zhou-Lai's Boxhandschuh-Fäuste schießen dazwischen, um die Krankenschwester zu schützen.
Da bekommt der Retail Rioter eine zündende Idee. "Ey, Schabracke, wolltest du nicht immer schon ein Auto, das abgeht wie ne Rakete?"

Mit einem ganzen 20er Pack von Sylvester-Raketen läuft der versierte Boxer durch den Schnee und befestigt diese am Auto der Schabracke. Die Raketen bilden eine Linie entlang des kompletten Unterbodens vom Auspuff bis zum Motor. Als die Schabracke seine „Tuning-Aktivitäten" sieht, rennt sie ihm fluchend hinterher und droht: "Ich werde im Internet eine Seite namens Gesunder Sohn gegen Kranke Schwester online stellen. Der gesunde Sohn kann nur

mein eigener Sohn sein. Schließlich
rauchen immer nur die anderen, nicht er.
Die kranke Schwester hingegen ist natürlich dieses haar-gefärbte Miststück da."
„Sehr kreativ. Und asozial. Kreasozial",
murmelt der Retail Rioter gerade so laut,
dass die Jung-Schabracke ihn hören
kann.
„Und was Dich angeht..."
Sie wendet sich an den Retail Rioter. doch
kommt nicht dazu, ihren Satz zu beenden
- sowie Bodybuilder mit einer akuten
Verletzung.

"Sie brauchen gar nichts weiter zu sagen",
erklärt der Retail Rioter und es klickt. Er
hat die ganze Konversation mit einem
Sprachgerät aufgenommen. "Zeigen Sie
mich doch an, Sie wissen ganz genau,
dass Sie das hier nicht vor Gericht
verwenden dürfen", sagt die Schabracke,
auf das Gerät deutend.

"Ja, das wäre wirklich sehr dumm, das hier vor einem *Gericht* zu verwenden. Schließlich vergeht einem wirklich der Appetit bei Ihrer Dummheit."

"Nein, nein, ich meine doch..."

"...was meinen Sie?", fragt der Retail Rioter mit plötzlich freundlicher Stimme.

"Das Ding mit Richter und Robe."

"Die Institution des Gerichts?!", ruft der Retail Rioter mit gespieltem Entsetzen aus.

"Ganz genau, Sie verflucht-fickter Klugscheißer, Sie verfickt-fluchter Scheißkluger, Sie...", flucht die Jung-Schabracke in äußerst unflätigem Gossenjargon.

"Geistige Ergüsse scheinen Ihre Spezialität zu sein. Weshalb zeigen Sie uns nicht mal an Ihrem Auto, ob Sie auch etwas von Physik verstehen. Fahren Sie los, ohne dass der Wagen in die Luft fliegt."

"Ahahahaha... sehr witzig, du Hundesohn. Ich hab genau gesehen, wie du die Zündung mit einer Rakete verbunden hast, und wiederum alle Raketen miteinander. Also muss nur die hinterste Rakete angezündet werden, nicht die Vorderste. Ich bin doch nicht dumm!"
Sie zündet die hinterste Rakete an und tritt etliche Schritte zurück. Der Wagen lässt ein fürchterliches Kreischen hören und landet mit einem Satz im Swimmingpool des zwei Meter tiefer gelegenen Nebengeländes. Dabei findet an der Unterseite des Wagens ein reines Feuerwerk statt.

"Tja", sagt der Retail Rioter mit der Stimme eines technischen Sachverständigen. "Das dürfte teuer werden. Dieser

Wagen war garantiert nicht beim TüV zu gelassen. Da ist noch Zusatz-Schnickschnack eingebaut. Die Raketen alleine dürften einen Wagen dieser Größe nicht so stark bewegen..."
Zur Krankenschwester gedreht fügt er leise murmelnd hinzu: „Obwohl.. ich habe sie natürlich manipuliert."
Er zwinkert ihr verschwörerisch zu. Sie lächelt mit einer seltsamen Erleichterung.

"Du dreckiges Mistvieh! Ich schick Dir Fingerfarbe für die Haare!", ruft die junge Schabracke. Dann nimmt sie Anlauf zu einem Sprung, bei dem offensichtlich ein Mehrfach-Salto durch die Luft absolut notwendig ist.
Anschließend landet sie perfekt zwei Meter tiefer auf dem Grundstück des Pool-Nachbarn. "Ha! Das müssen mir die Kämpferchen aus den ganzen japanischen Serien erstmal nachmachen... ganz zu schweigen von den Videospiel-Helden!"

Dann zwingt sie den Pool-Nachbarn unter Androhung eines Vortrags über eine bekannte Seifenoper dazu, ihr Auto aus dem Pool zu holen. "Hier! Mein Dietrich. Knacken Sie mit Leichtigkeit das Führerhaus des Krans da drüben und heben Sie das Auto aus dem Pool!"
"Wenns denn sein muss", seufzt der Pool-Inhaber. Sie räuspert sich: "Chrm Chrm! Vortrag..."
Alles läuft wie die Schabracke es geplant hat. Naja, fast.
Gerade als sie ins Auto einsteigen möchte, kommt Poolbesitzers 10-jähriger Sohn aus dem Haus und ruft: "Du Bestie hast meine Krankenschwester beleidigt. "
Plötzlich taucht der Retail Rioter auf und feuert ihn an: "Gib ihr Saures!"
Er wirft dem Jungen eine Tüte saurer Wein-Gummis zu.
"Das MHD ist ja von gestern", empört sich der Junge, doch dann checkt er, was Sache ist.

"Hier, Schabracke, schenk ich Dir", er drückt ihr die Wein-Gummi-Packung in die Hand.

"Häh, was soll ich denn damit, du kleiner Rotzbengel? Ich bin doch nicht von gestern."

"Doch, eben drum passen die Wein-Gummis so gut zu dir."

"Du kleiner Bastard, wenn du mich noch einmal duzt... AAAAAAAAAAH!!!!"
Platsch!
Der Poolbesitzer-Sohn hat die Schabracke ins Wasser befördert.
Fluchend schwimmt die Jung-Schabracke zum anderen Ende des Pools.
„Das wars für heute! Aber ihr werdet mich wieder sehen. Hasta la vista, Non-Amigos!"

Unterdessen entwendet der Retail Rioter das Auto der Schabracke. Dabei fährt er mitten durch den Gartenzaun, um die Verkaufszahlen des befreundeten Baumarktes in die Höhe zu treiben.
Sein Weg führt ihn über die Straße wieder vor den Supermarkt; allerdings nicht auf den Parkplatz, sondern direkt in den Angebotsbereich vor dem Eingang.
Dort platziert er ein extra großes Preisschild hinter der Windschutzscheibe des Wagens.

"Jetzt ist es ein echter SUPER-Markt. Mit einem super Auto, das super tankt und alles andere ist sowieso super. Ohne Jung-Schabracke", verkündet er einigen vorbeilaufenden Kunden, welche in Siegerstimmung die Arme leicht anwinkeln, die Fäuste ballen und dabei „Yes!" rufen.
„Und es kommt sogar noch besser... endlich habe ich meinen Beweis für die ganzen User, die immer behauptet haben,

es gäbe keine Jung-Schabracken. Hahahaha... die Social Network- Aktion 'Retail Rioter teilt' geht in eine weitere Runde!"

SZENE 6

ANGRIFF DER SAUF-PROLETEN

Es ist schon kurz vor Ladenschluss, als eine Reihe besoffener Typen von verschiedenster Nationalität in den Supermarkt kommen. Die neue Kassiererin, nennen wir sie Frau G, wird nervös. Diese Typen sehen nicht so aus, als würden sie sich etwas von einer zierlichen jungen Frau wie ihr sagen lassen. In diesem Moment wünscht sie sich die Italienische Zoll-Muddi zurück. *Die Italienische Zoll-Muddi war ihre Chefin an ihrem ehemaligen Arbeitsplatz beim Zoll, die dort immer das Zepter geschwungen hatte. Einmal hatte sie einen Kriminellen sogar dazu gebracht, sich von ihr mit einer Reitgerte züchtigen zu lassen, wenn sie dafür auf eine Benachrichtigung der Polizei verzichtete.*
Aber das ist nur eine Legende und soll es auch bleiben.
Ohnehin ist die Italienische Zoll-Muddi hunderte von Kilometern entfernt. Hier und heute gibt es für Frau G nur eine Hoffnung.

Die Primitivlinge kommen grölend und johlend an die Kasse.
"25 Euro, bitte", sagt Frau G zum ersten von ihnen, als Sie dessen Hoch-pro Flasche über den Scanner gezogen hat.
"Oi, Püppchen. Du verkaufst dich aber ziemlich unter Wert."
Sie gibt ihm eine Backpfeife, doch das erzürnt ihn erst Recht.
"Du bist als Kassiererin nur eine kleine Bimbo-Biene. Wir sind die Kings und wenn wir dir sagen, dass du uns Glück bescheren sollst, dann tust du das gefälligst."

Der Retail Rioter hat sich neue Boxhandschuhe sowie einen Mike Tyson-Haarschnitt zugelegt. Wie gewöhnlich checkt er um diese Zeit die neuesten Energy Drinks aus. Doch da hört er plötzlich einen Schrei. "Hilfe! HILFE!"

Er stürmt aus seinem Gang heraus und sieht, wie die Primitivlinge Frau G aus der Kasse zerren. Ihre Arbeitskleidung haben sie ihr bereits vom Körper gerissen!!
"Ey, ihr Bastarde! Wollt ihr n bisschen Dampf ablassen? Die is doch eh nicht gut genug für euch zehn.. achso, sorry, ich bin seit 24 Stunden wach... ich meine, ihr zehn seid eh nicht gut genug für *sie*."
Sie kommen auf ihn zu und beschimpfen ihn in verschiedenen Formen der deutschen Sprache, von denen er aber nicht alle versteht. "Alter, muckst du auf?" "Tuen-Du-Muck?" "Ey Süßer, deine Fresse ist gleich nur noch Brei. Deutsch-Kartoffel-Style!"
Zwischen ihm und den Typen steht ein Einkaufswagen voller Bierkästen. Diesen stößt er mit voller Wucht gegen den ersten Primitivling, der im Fallen drei weitere mit sich zu Boden reißt.

"Bier für vier", grinst der Retail Rioter.
"Jetzt gibt es gleich Sex für sechs, und zwar mit dir, du Hurensohn", schreit einer der verbliebenen sechs.

Der Retail Rioter läuft ein Stück zurück. Die verbliebenen sechs Primitivlinge folgen ihm. Im Bereich der Kühltruhen bleibt er schließlich stehen.
"PIZZA AUS NIZZA", ruft er und wirft rasch hintereinander jeden aus der Reihe der Angreifer in eine eigene Kühltruhe, die außerdem noch Pizza aus einem gewissen französischen Ort enthält.

Klack! Klack!

Die Temperaturen der Kühltruhen steigen, und die Truhen werden versiegelt.
"Was für ein Glück, dass The Rock immer schon mein großes Vorbild in Sachen Nahkampf war", murmelt der Retail Rioter, während er vor zu Frau G an die Kasse läuft.

"Alles klar?"
"Ja, ich denke schon. Sie sind ja gerade noch rechtzeitig aufgetaucht, Herr Rioter."
"Ach, nennen Sie mich Retail. Nach den heutigen Ereignissen ist es angebracht, sich zu duzen, oder?"
"Ja, ich denke auch. Mein Name ist Lisa."
Sie verlassen den Raum. Draußen gibt er ihr seine Jacke. "Hier, trag mal."
"Ich dachte, du wärst ein Gentleman."
"Bin ich doch. Sonst hätte ich gesagt *Halt Mal*."
"Ach so, danke."
Sie zieht die Jacke an. Da tauchen plötzlich die vier ersten Angreifer wieder auf. Offenbar haben sie ihre Kumpane befreit, die ihnen in einigem Abstand folgen.
"Ach, sieh mal einer an, zehn kleine Federweisser", ruft der Retail Rioter. "Lisa, bitte steck diesen USB-Stick in die Anlage deines Autos und dreh voll auf. Wir brauchen für die kommende Situation ein biss-

chen MeloDeath. Ach so, und dein Smartphone hat ja sicher eine hochauflösende Kamera, oder?"

Einer gegen 10. Der Fight wird legendär und eine Inspiration für viele, die auf dem Schulhof alleine gegen mehrere stehen. Denn hier beweist der Retail Rioter, dass es nur wenig auf die Zahl der Gegner ankommt, wenn man als Profi Combatman allein gegen mehrere Amateure kämpft. Der Retail Rioter beginnt zu laufen, sodass die 'Federweisser' ihn verfolgen.

"Koordinationsprobleme, wie erwartet", lacht er im Laufen. Die Federweisser haben eine Schlange gebildet. Plötzlich bleibt der Retail Rioter stehen und läuft ihnen entgegen.
Zack! Zack!
Zwei landen kopfüber in den Mülleimern. Dann geht die Verfolgung weiter.
Der Retail Rioter performt im Laufen verschiedene CrossFit Übungen.

Die Federweisser finden das gar nicht lustig und fletschen die Zähne sowie Hunde. "So, ihr Noobs, jetzt erfahrt ihr die Stärke eines Bären mit der Aggression eines Stieres gepaart."

Zack! Klong! Monk! Pffft! Krrrrt!
"Was für ein lausiger Haufen. Ob man das wirklich mit *Schulhofgangstern* vergleichen kann...", kommentiert der Retail Rioter. Plötzlich hört er Lisa wieder schreien.

„Wenn man vom Teufel spricht...", murmelt er. Schulhofgangster laufen auf Lisa zu. Offenbar sind es die Söhne der Federweisser!
"Wie auf das Stichwort! Lisa, das sind nur halbe Portionen. Die Zeit des Kokons ist vorbei. Entpuppe dich als Schmetterling, bevor sie Dir schaden können."
Zack! Zack! Zack! Lisa boxt den Typen einfach in die übergroße Fresse.

"Jack, wir müssen uns verziehen. Die hat schon drei von uns ausgenockt."
"Wir sind immer noch sieben, Jim."
"Könnt ihr mal aufhören, über Blödsinn zu reden. Lasst uns der Göre beweisen, wie indische Verhältnisse ausseh..." *BAM!*
Lisa trifft den Typen *voll IN DIE NUTS*.
"Mali hats erwischt. Hahahaha", ruft ein anderer Sohn.
"Ey, Jagdi, was stehst du da so rum? Halt die Schlampe fest, damit wir unseren Spaß haben können."

Der Retail Rioter verliert die Geduld und macht einen mehrfach-Salto in Richtung der Gruppe, wobei er noch in der Luft drei der Noobs roundhouse-kick-ähnlich ausnockt.
"Sorry, Lisa. Was muss, das muss", sagt er und läuft fäuste-schwingend auf die restlichen drei Typen zu. Beim Anblick der Boxhandschuhe ergreifen diese die Flucht.

Schließlich nimmt er den Federweissern die Schlüssel zu ihren Oberklasse-Wagen ab und fährt mit Lisa in einem hoch-motorisierten Cabriolet nach Hause.
Ob aus dieser Aktion am Ende ein kleines Retail Rioter-Baby hervorgegangen ist, wird die Geschichte zeigen.

SZENE 7

NERVIGE

ANRUFE

"Ey, Niggahs. Was geht ab?", schallt und schwallt es aus dem Telefonhörer.
"Wie bitte, wer spricht denn da?", fragt die Marktleitung.
"Monumentalen Schwachsinn labern Sie da", brüllt es vom anderen Ende der Leitung.
"Tut mir wirklich Leid, dass Sie ein Problem mit unserem Markt haben, aber leider kann ich Ihnen nicht weiterhelfen", sagt die Marktleiterin und legt auf.
Wieder klingelt das Telefon. Es klopft.
"Her..." - Plötzlich fliegt die Tür auf und der Retail Rioter stürmt in den Aufenthaltsraum.
"Was? Sie hier? Ich dachte, Sie hätten heute frei?", ruft die Marktleiterin mit einem deutlichen Ausdruck der Erleichterung. "Wir haben wieder mal so einen außerordentlichen Störenfried, der ständig anruft."
Der Retail Rioter lacht. "Sie haben wirklich nicht den besten Job, muss ich feststellen. Ich hingegen arbeite gerne, um Ihnen

unnötigen Ärger zu ersparen. Schließlich ist es ja auch immer ein Riesenspaß und durch das neue Liberalisierungsgesetz darf ich die Aufnahmen der Aktionen sogar online stellen."
"Yeah, give check, man, high five!", ruft die Marktleiterin.
Direkt nach dem High Five klingelt das Telefon erneut.
Die Marktleitung hebt ab und fragt: "Sie schon wieder? Moment, ich leite Sie an die richtige Person weiter."
Der Retail Rioter nimmt erfreut den Telefonhörer entgegen: "Guten Tag, Rioter hier."
"Wie bitte? Wie heißen Sie?", schallt es aus dem Telefon.
"Retail Rioter. Zu Ihren Diensten."
"Woher wollen Sie wissen, ob Sie mir zu Diensten sein können? Das entscheide doch immer noch ich, Sie arrogantes Schwein!!!", schreit der Mann am anderen Ende der Leitung.

"Das ist außerordentlich überheblich von Ihnen. Sie sind wohl nicht in der DDR aufgewachsen, oder?"
"Nein, natürlich nicht. Sie etwa?"
"Nein, aber es geht hier auch nicht um mich. Ich bin nur der Dienstleister."
"Gut. Welches Gehalt kriegen Sie?"
"40.000 Euro Vorschuss und 120.000 Euro am Ende des Jahres."
Natürlich gibt der Retail Rioter bei Fragen zum Gehalt stets falsche Zahlen raus.
"Aach, das ist ganz nach meinem Geschmack."
"Nach welchem Geschmack?"
"Pink Grapefruit mit Kirsche - und allem anderen. Zufrieden?!", grollt der Anrufer.
"Eigentlich nicht."
"Egal. Ich werde dafür sorgen, dass Sie Ihre fristlose Kündigung per eMail am 30.12. um 23:59 erhalten."
"Was haben Sie gegen fristgerechte Kündigungen?"
"Nichts. Mit fristlosen Kündigungen kann man Menschen besser fertig machen."

"Schon wieder diese Überheblichkeit. So allwissend wie Sie sind, könnten Sie glatt Mitglied einer Sekte sein."
"Nicht irgendeiner Sekte, wir sind die 2012 Gurus."
"Aber Sie wissen schon, dass wir im Jahr 2016 leben?"
"Nein. *Sie* wissen nicht, dass wir im Jahr 1016 leben."
"Klar, Sie sind ja allwissend. Wie konnte mir nur so ein Fehler unterlaufen."
"WEIL SIE EIN VERFLUCHTER LOSER SIND!!!", schreit der Anrufer wie von Sinnen ins Telefon.
"Und das können Sie beurteilen, weil...?"
"Weil halt."
"Tolle Begründung."
"Hören Sie auf, meinen Sohn zu beleidigen. Der sagt auch immer 'Weil halt'."
"Das wird immer bunter, ganz ähnlich wie die Bilder von Kindergarten-Kindern, die den Umgang mit Farben erlernen."
"Jetzt hören Sie mal endlich auf, mir das Wort im Mund herum zu drehen."

"Das liegt nicht in meiner Natur."
"Sie unverschämter Bastard. Ich werde eine Beleidigungsklage gegen Sie auf den Weg bringen. Mein persönlicher Bekannter ist der Oberstaatsanwalt."
"Welcher?"
"Wie, welcher?"
"Welchen Oberstaatsanwalt kennen Sie?"
"Keinen."
"Sie sagten doch gerade, Sie würden einen Oberstaatsanwalt kennen."
"Ja, das habe ich gemacht, um Sie einzuschüchtern."
"Sie sind wirklich klug."
"Danke. Jetzt kommen wir der Sache schon näher."
"Welcher Sache?"
"Keiner. Warum fragen Sie ständig nach, was ich meine? Das nervt mich", schimpft der Anrufer.
"Wie soll ich Ihnen helfen, wenn ich nicht nachfragen darf?"
"Sie sollen kündigen. Alle sollen ihren Job verlieren."

"Und *warum*, wenn ich fragen darf?"
"Warum? Warum? Warum ist die Banane krumm? Weil Sie sie in den Urwald zogen und nicht wieder gerade bogen!!!"
"Sie haben doch nicht mehr alle Nadeln an der Tanne."
"Richtig, aber Ihr inkompetenter Weihnachtsbaum-Partner ist sich auch zu fein dafür, Gentechnik-Gesetze brutal zu missachten, um Bäume ohne Nadelverlust zu klonen."
"Immer die Schuld auf andere schieben."
"Darum rufe ich doch an. Um Ihnen die Schuld an meinen Problemen zu geben und Ihr Gewissen derartig zu beeinflussen, dass Sie wegen mir kündigen."
"Sie sind vielleicht ein Spaßvogel."
"Ja, danke schön. Das kann ich *nicht* zurückgeben, Sie Spastvogel."
"Ihre Ausdrucksweise lässt sehr zu wünschen übrig."

"Ich wünsche dennoch, dass Sie sofort kündigen und sich stattdessen beim Jobcenter arbeitslos melden. Des weiteren werden Sie auf ALG I verzichten und auf Hartz IV umsteigen."
"Hahaha... als ob. Sie bluffen doch nur."
"Inwiefern kann man bei sowas bluffen?"
"Das sollte ich eigentlich Sie fragen."
"Sie fragen mich gar nichts. Ich frage und Sie antworten."
"Okay. Darf ich Ihnen verraten, was Sache ist?"
"Haben Sie nicht zugehört?! *Ich* frage und *Sie* antworten!"
Der Retail Rioter ignoriert ihn und spricht einfach weiter.
"Ich bin gar kein Mitarbeiter des Marktes."
"WAS? Das heißt, Sie haben nur meine Zeit verschwendet?"
"Nein, Sie haben Ihre Zeit selbst verschwendet."
Der Anrufer legt fluchend auf.

Einige Tage später steht in einigen Zeitungen die große Titelzeile "Online-Petition über Gentechnik bei Weihnachtsbäumen löst Shitstorm aus".

Der Retail Rioter hat eine dunkle Vorahnung, wer die Petition gestartet haben könnte...

SZENE 8

POLNISCHE VORURTEILE

"Alte, warum klaust du nicht?", ruft Kunde K der polnischen Kassiererin J zu, sodass es der ganze Laden hört. Dann setzt er noch hinzu: "Du bist doch eh nur ne dreckige Polin."
"Du bist doch eh nur ne dreckige Polin", echot es direkt hinter ihm. Der Energy Drink in der Hand des Sprechers ist mittlerweile zu seinem Markenzeichen geworden.
Der Kunde K dreht sich um. Der Urheber des Echos sitzt in der unbesetzten Informationsstelle.
"Warum äffen Sie mich nach?!", fragt Kunde K in rüdem Tonfall.
"Warum äffen Sie mich nach?", lässt der Retail Rioter ein weiteres Echo durch das Mikrofon der Informationsstelle verlauten.

"Könnten Sie bitte wenigstens diesem Typen das Mikrofon stehlen, damit ich Sie weiterhin fertig machen kann?", fragt der Kunde die Kassiererin.

„Immerhin sehen Sie schon so dumm aus, dass Sie bei sowas mitmachen würden."
Bevor die Kassiererin antworten kann, ertönt aus dem Info-Lautsprecher ein lautes Räuspern.
"Wenn Dummheit weh täte, müssten *Sie* den ganzen Tag schreien", verkündet der Retail Rioter triumphierend.
"Das ist ja unfassbar. Zuerst so eine diebische Elster und dann auch noch ein Papagei. Der ganze Laden hier ist voller Vögel."
"Richtig, und Sie sind die Taube unter uns. Sie scheißen jeden an. Es hat wohl wenig Sinn, mit Ihnen Schach zu spielen."
"Mit dieser dreckigen Elster da noch viel weniger. Man kann sich ja ausrechnen, wie das endet. Schaut man eine Sekunde nicht hin und schon fehlen einem zwei Pferde."

"Ja, das stimmt. Da wäre ich sogar dabei, mit der jungen Frau Pferde stehlen zu gehen. Außerdem ist das doch gar keine Elster. Sehen Sie nicht, dass das ein Paradies-Vogel ist?"
"Nee, das liegt wohl daran, dass ich keine rosarote Brille aufhabe."
"Nee, das liegt daran, dass Sie n kleiner *Beelzebub* sind und das Fegefeuer lieben. Und was die fehlende Brille angeht. Ich schick Ihnen gerne eine zu. In Barbie-Pink."
"Das reicht mir jetzt. Ich verlasse diesen unsäglichen Laden und werde in der Visagen-Chronik eine negative Bewertung abgeben."
"Kein Problem. Ihr Arbeitgeber wird sicherlich sehr erfreut darüber sein, wenn Sie online unflätige Kommentare schreiben."
"Von wegen..."
"Egal. Schicken Sie mir einfach eine Kopie der Abmahnung oder Kündigung an diese Adresse hier. Der Zusatz 'z. Hd. Retail Rioter' sollte genügen."

"Retail Rioter. Was ist das überhaupt für ein bescheuerter Name?"
"Vorsicht, Freundchen. Die Grenz is scho lang überschritt, mois. A bissal Dialekt gemischal kann ja nix schadde, wa?"
"Hör auf, du Nanotermite. Ich kann dich locker zerstören."
"Sicher. Aber nur mit meinem Einverständnis... und wir sind ja beide hoffentlich über den Level hinaus, wo wir uns mit Einverständniserklärung von Erziehungsberechtigten rumschlagen mussten."
Retail Rioter zwinkert dem Kunden verschwörerisch zu.
"Sie sind mir zu frech. Ich werde Sie anzeigen."
"Nein, das werden Sie nicht. Ihr Auto ist zu wichtig für Sie, oder?"
Der Retail Rioter kommt langsam auf den Kunden zu.
„Soll das eine Drohung sein?"
„Ach, wo denken Sie hin. Das war eine astreine *Ankündigung*."

„Zumal es auch nur von Banden *ohne* polnische Mitglieder entwendet werden wird. Dann verstehen Sie die Welt nicht mehr, richtig?"
"Richtig."
"Falsch! Sie verstehen die Welt auch jetzt schon nicht richtig."
"AAAAAAH! Hören Sie auf damit!"
Der Kunde rennt auf den Retail Rioter zu und will ihm einen Schlag versetzen. Der Retail Rioter weicht aus und der Kunde kracht gegen die Wand.
"Aaaaah, mein Arsch! Zeter und Mordio", brüllt der Kunde.
"Sie sind wirklich ein guter Schauspieler. Wie soll denn da was gebrochen sein?"
"Gar nicht. Ich werde den Rest meines Aufenthaltes hier nutzen, um Ihnen auf den Sack zu gehen."
"Also, wie üblich..."
"Mumu Mumu Mu!", schreit der Kunde plötzlich und attackiert den Retail Rioter mit beiden Fäusten. Dieser zieht in chuck-

norris-verdächtiger Geschwindigkeit seine Boxhandschuhe an und wehrt die Faustschläge ab.
Als der Kunde endlich ermüdet, rennt er aus dem Laden. Draußen jedoch dreht er sich noch einmal um und spricht eine Drohung aus: "Mein neues Projekt wird dir die Suppe versalzen, Rioter! Die Maskierten Moskitos werden Dich fertig machen. Anophiles wird mein Name sein! Mach dich drauf gefasst!"

t.b.c.

Häufig gestellte Fragen / FAQ

1.) Warum wird „Retail Rioter" geschrieben?

Das Buch richtet sich vor allem an die große Zahl von Menschen, die tagtäglich im Handels- & Dienstleistungssektor tätig sind. Zu dem vielerorts herrschenden Arbeitsdruck kommt die zunehmende Arroganz einiger Teile der Kundschaft.

Hier wird „Der Kunde ist König" in einem etwas verqueren Licht gesehen, z. B. ist es nicht ersichtlich, weshalb ein erwachsener Mensch Flaschen wie Dart-Pfeile in den Leergut-Automat wirft - und dieses Beispiel ist 1:1 aus der Realität gegriffen!

2.) Welchem Stil ist „Retail Rioter" zuzuordnen?

Action-Komödie. Im Großen und Ganzen.

3.) Ist der Retail Rioter einer echten Person nachempfunden?

Nein, alle Personen sind frei erfunden, s.a. Disclaimer am Anfang des Buches.

4.) Wieviele Bücher von Retail Rioter wird es geben?

Im Moment sind für die erste Staffel noch drei weitere Bücher geplant. Auch eine zweite Staffel ist bereits in Planung.

Allgemein ist die Grenze nach oben offen.

5.) Wird ein Retail Rioter Baby geboren?

Das ist derzeit noch unklar. Die Chancen stehen aber gut, dass Lisa schwanger ist.